新羅抄

미당 서정주
未堂 徐廷柱
1915~2000

1915년 6월 30일 전북 고창
선운리에서 태어났다.
중앙불교전문학교(현 동국대학교)에서
공부했고, 1936년 동아일보 신춘문예에
시 「벽」이 당선된 후 『시인부락』 동인으로 활동했다.
1941년 『화사집』을 시작으로 『귀촉도』 『서정주시선』
『신라초』 『동천』 『질마재 신화』 『떠돌이의 시』
『서으로 가는 달처럼…』 『학이 울고 간 날들의 시』
『안 잊히는 일들』 『노래』 『팔할이 바람』 『산시』
『늙은 떠돌이의 시』 『80소년 떠돌이의 시』 등
모두 15권의 시집을 발표했다.
1954년 예술원 창립회원이 되었고
동국대학교 교수를 지냈다.
2000년 12월 24일 향년 86세로 별세,
금관문화훈장을 받았다.

서정주 시집

신라초

은행나무

차례

무제

인연설화조

일러두기

1 이 시집은 『신라초』(정음사, 1961)를 저본으로 삼았다.
2 원본 시집의 형식을 살리되, 체제 및 표기는 『미당 서정주 전집』(은행나무, 2015)을 따랐다.
3 시집 원주原註 외의 주들은 편집자주라고 밝혔다.

신라초 新羅抄

* 편집자주—시집에는 원래 38편이 실려 있으나 『서정주문학전집』(일지사, 1972) '신라초' 부분에 추가된 4편(「사소의 편지 1」 「뚜쟁이조」 「어느 유생의 딸의 말씀」 「대화」)을 이 시집에 수록하고, 「고조 2」와 「고조 1」, 「귓속말」과 「재롱조」의 순서도 바로잡았다.

시인의 말

이 시집의 제1부는 신라의 내부에 대한 약간의 모색. 제2부는 그냥 근년 시작試作한 것들을 모아 놓은 것이다. 자기가 자기를 설명하는 건 쑥이라 하여 고래古來 잘 않던 일이지만, 편의상 두어 마디 말씀하면, 이 시집의 제2부에선 그 소위 '인연'이란 것이 중요킨 하였다.

이것들은 1956년 여름 이후에 이루어진 것이다.

1961년 10월

신라초

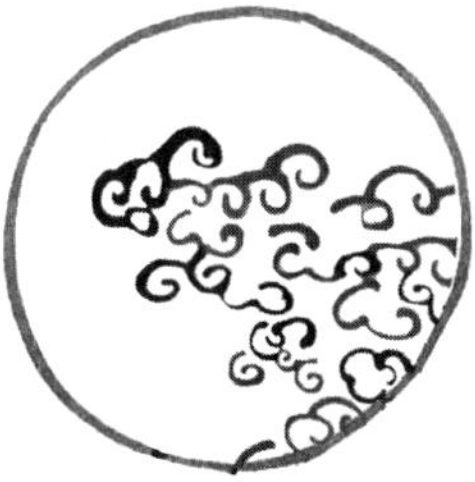

선덕여왕의 말씀

짐의 무덤은 푸른 영嶺 위의 욕계 제2천.
피 예 있으니, 피 예 있으니, 어쩔 수 없이
구름 엉기고, 비 터 잡는 데— 그런 하늘 속.

피 예 있으니, 피 예 있으니,
너무들 인색치 말고
있는 사람은 병약자한테 시량도 더러 노느고
홀어미 홀아비들도 더러 찾아 위로코,
첨성대 위엔 첨성대 위엔 그중 실한 사내를 뇌라.

살의 일로써 살의 일로써 미친 사내에게는
살 닿는 것 중 그중 빛나는 황금 팔찌를 그 가슴 위에,
그래도 그 어지러운 불이 다스려지지 않거든
다스리는 노래는 바다 넘어서 하늘 끝까지.

하지만 사랑이거든
그것이 참말로 사랑이거든
서라벌 천 년의 지혜가 가꾼 국법보다도 국법의 불보다도
늘 항상 더 타고 있거라.

짐의 무덤은 푸른 영 위의 욕계 제2천.
피 예 있으니, 피 예 있으니, 어쩔 수 없이
구름 엉기고, 비 터 잡는 데—그런 하늘 속.

내 못 떠난다.

* 선덕여왕은 지귀志鬼라는 자의 여왕에 대한 짝사랑을 위로해, 그 누워 자는 데 가까이 가, 가슴에 그의 팔찌를 벗어 놓은 일이 있다.
* 편집자주—3연 3행 '다스려지지 않거든'은 시집에는 '다 스러지지 않거든'으로 되어 있다. 다음 구절 '다스리는 노래'와 잘 조응하므로 『서정주육필시선』(문학사상사, 1975)의 표기를 따랐다.

꽃밭의 독백

—사소 단장娑蘇斷章

노래가 낫기는 그중 나아도

구름까지 갔다간 되돌아오고,

네 발굽을 쳐 달려간 말은

바닷가에 가 멎어 버렸다.

활로 잡은 산돼지, 매[鷹]로 잡은 산새들에도

이제는 벌써 입맛을 잃었다.

꽃아. 아침마다 개벽하는 꽃아.

네가 좋기는 제일 좋아도,

물낯바닥에 얼굴이나 비취는

헤엄도 모르는 아이와 같이

나는 네 닫힌 문에 기대섰을 뿐이다.

문 열어라 꽃아. 문 열어라 꽃아.

벼락과 해일만이 길일지라도

문 열어라 꽃아. 문 열어라 꽃아.

* 사소娑蘇는 신라 시조 박혁거세의 어머니. 처녀로 잉태하여, 산으로 신선 수행을 간 일이 있는데, 이 글은 그 떠나기 전, 그의 집 꽃밭에서의 독백.

사소의 편지 1

문을 밀고서 방으로 들어가듯
문을 밀고서 신방新房을 들어가듯
문을 열고 나와서 여기 좀 보아.
문을 열고 나와서 여기 좀 보아.

매가 이끄는 마지막 곳에 와서
나는 이렇게 알읍니다.
"여기는 잊었던 내 살들이라"고.

맑은 봄날을 종다리는 골라서
여기에 와 목젖을 맞대고,
소리개의 떼 금광맥 너머
숨을 바로 해 힘 기르는 곳
"여기는 잊었던 내 살들이라"고.

보아, 보아, 와 살며 보아,
문을 밀고서 방으로 들어가듯
문을 열고 나와서 여기 좀 보아.

예서부턴 핏줄이 녹금綠金으로 뻗치는 것을!
사람과 짐승 맨 앞인 예서부터
핏줄은 이제 녹금으로 뻗치어서
사람과 짐승의 맨 뒤로 연連하는 것을!

사소의 두 번째 편지 단편斷片

사소의 매는 사소가 산에 간 지 이듬해의 가을날, 그 아버지에게 두 번째의 편지를 그 발에 날라왔다. 이번 것은 새의 피가 아니라, 향풀의 진액을 이겨, 역시 손가락에 묻혀 적은 거였다. 피딱지의 두루마리는, 아직도, 집에서 가지고 간 그것이었다.
— 이것은 그 편지의 전반부 한 조각만 남은 것이다.

피가 잉잉거리던 병은 이제는 다 나았습니다.

올봄에
매는,
진갈매의 향수香水의 강물과 같은
한 섬지기 남짓한 이내[嵐]의 밭을 찾아내서

대여섯 달 가꾸어 지낸 오늘엔,
홍싸리의 수풀마냥 피는 서걱이다가
비취의 별빛 불들을 켜고,
요즈막엔 다시 생금生金의 광맥을 하늘에 폅니다.

아버지.
아버지에게로도,
내 어린것 불거내弗居內에게로도, 숨은 불거내의 애비에게로도,

또 먼먼 즈믄 해 뒤에 올 젊은 여인들에게로도,
생금 광맥을 하늘에 폅니다.

* 사소의 신선 수행 시절의 두 번째 편지.
진갈매 : 짙은 갈매. 갈매는 녹색.
이내 : 산기山氣 증청蒸淸한 하늘의 특수한 기운.
불거내 : 박혁거세.

신라의 상품商品

이것은 언제나 매가 그 밝은 눈으로써 되찾아낼 수 있는 것이다.

그것이 만일에 솜같이 가벼운 것이기나 하고, 매의 눈에 잘 뜨이는 마당귀에나 놓여 있다면, 어느 사 간 사람의 집에서라도 언제나 매가 되채어 올릴 수까지 있는 것이다.

이것들이 제 고장에 살고 있던 때의 일들을 우리의 길동무 매는 그전부터 잘 안다. 동 청송산을, 북 금강산을, 남 우지를, 서 피전을 오르내리며 보아 잘 안다.

눈을 뜨고 봐라, 이 솜을. 이 솜은 목화밭에 네 딸의 목화꽃이었던 것.

눈을 뜨고 봐라, 이 쌀을. 이 쌀은 네 아들의 못자리에 모였던 것, 모였던 것.

돌이! 돌이! 돌이! 삭은 재 다 되어가는 돌이!

이것은 우리들의 노래였던 것이다.

* 청송青松, 금강金剛, 우지亏知, 피전皮田은 다 신라 때 산 이름.

구름다리

실성實聖 임금의 12년 8월
구름이 산에 이는 걸 보니,
방에 향 내음 밀리어오는
사람이 사는 다락 같더라.

어느 날 언덕길을 상여로 나가신 이가
그래도 안 잊히어 마을로 돌아다니며
낯모를 사람들의 마음속을 헤매다가,
날씨 좋은 날
날씨 좋은 날 휘영청하여
일찍이 마련했던 이 별저別邸에 들러 계셔

그보다는 적게 적게 땅을 기던 것들의 넋백도 몇 이끌고,
맑은 산 위 이냇길을
이 별저에 들러 계셔

현생하던 나날의 맑은 호흡, 호흡으로 다짐하고
마지막 다비의 불 뿜어 아름다이 낙성落成했던
이 별저에

이 별저에
이 별저에
들러 계셔

계림鷄林 사람들은 이것을 잔치하고
이 구름 밑 수풀을 성하게 하고
그 별저 오르내리기에 힘이 덜 들게
돌로 빚어 다리를 그 아래에 놨더라.

* 다비茶毘 : 화장.

백결가百結歌

낭산 밑 새말 사람 백결이는 가난해
주렁주렁 주렁주렁 옷을 기워 입은 게
메추라기 꿰미를 매어단 것 같대서
사람들이 그렇게 이름 지어 불렀다.

그렇지만 이 사람한텐 오래 두고 이뤄 온
슬기론 거문고가 한 채 있어서
밤낮으로 마음을 잘 풀어 갔기 때문에
가난도 앞장질런 서지 못하고
뒤에서 졸래졸래 따라다녔다.
그래서 나날이 해같이 되일어나
물같이 구기잖게 살아갔었다.

그러다가 어느 해는 섣달 그믐날
저녁때 이웃집 좁쌀 방아 소리에
마누라의 귀가 그만 깜박 솔깃해
'좁쌀'이라 한마디를 드뇌었더니

거문고 울리어 이 말 씻어서
또다시 물같이 흘러내렸다.

* 편집자주 — 2연 1행 '이궈 온'은 시집에는 '익혀 온'으로 되어 있으나 시작 노트와 첫 발표지인 『현대문학』(1957. 1)의 표기를 따랐다.

해

신라성대新羅聖代 소성대昭聖代
아달라의 임금 때
해는 연오의 아내 세오의 베틀에 가 매달려서도 살았다.
하늘에다 잉아를 이 여인이 먼저 걸어 놓았기 때문이다.
그래 이 여인과 그 비단이 어딜 가면은, 해도 그리로 따라 다녔다.
신라인들은 이것을 모두 알고 있었기 때문에
어느 날은 바위가 업고 일본으로 바다 건너간 것을 쫓아 가서 비단배만 되찾아다가 놓았다.

* 편집자주 — '신라성대 소성대'는 처용가 가사의 일부.
마지막 행은 시집에 '어느 날은 돌이 업고 일본으로 간 것을 쫓아가서 비단배만 찾아다가 놓았다'로 되어 있으나 시인이 고쳤다(『서정주문학전집』).

노인 헌화가

"붉은 바윗가에
잡은 손의 암소 놓고,
나-ㄹ 아니 부끄리시면
꽃을 꺾어 드리리다."

이것은 어떤 신라의 늙은이가
젊은 여인네한테 건네인 수작이다.

"붉은 바윗가에
잡은 손의 암소 놓고,
나-ㄹ 아니 부끄리시면
꽃을 꺾어 드리리다."

햇빛이 포근한 날 — 그러니까 봄날,
진달래꽃 고운 낭떠러지 아래서
그의 암소를 데리고 서 있던 머리 흰 늙은이가
문득 그의 앞을 지나는 어떤 남의 안사람보고
한바탕 건네인 수작이다.

자기의 흰 수염도 나이도
다아 잊어버렸던 것일까?

물론
다아 잊어버렸었다.

남의 아내인 것도 무엇도
다아 잊어버렸던 것일까?

물론
다아 잊어버렸었다.

꽃이 꽃을 보고 웃듯이 하는
그런 마음씨밖엔, 아무것도 가진 것이 없었었다.

기마騎馬의 남편과 동행자 틈에
여인네도 말을 타고 있었다.

"아이그마니나 꽃도 좋아라

그것 나 조끔만 가져 봤으면."

꽃에게론 듯 사람에게론 듯
또 공중에게론 듯

말 위에 갸우뚱 여인네의 하는 말을
남편은 숙맥인 양 듣기만 하고,
동행자들은 또 그냥 귓전으로 흘려보내고,
오히려 남의 집 할애비가 지나다가 귀동냥하고
도맡아서 건네는 수작이었다.

"붉은 바윗가에
잡은 손의 암소 놓고,
나-ㄹ 아니 부끄리시면
꽃을 꺾어 드리리다."

꽃은 벼랑 위에 있거늘,
그 높이마저 그만 잊어버렸던 것일까?
물론

여간한 높낮이도
다아 잊어버렸었다.

한없이
맑은
공기가
요샛말로 하면—그 공기가
그들의 입과 귀와 눈을 적시면서
그들의 말씀과 수작들을 적시면서
한없이 친한 것이 되어 가는 것을
알고 또 느낄 수 있을 따름이었다.

고조

고조古調 1

하눌에서 내려오는 성한 동아줄이나 있다면
샘 속이라도 몇만 리라도 갈 길이나 있다면
샛바람이건 무스개 바람이건 될 수라도 있다면
매달려서라도 자맥질해서라도 가기야 가마.
문틈으로건 벽틈으로건 가기야 가마.
허지만 너, 내 눈앞에 매운재나 되어 있다면
내 어찌 뿌리치고 올꼬.
홍근헌 물이나 되어 있다면
내 어찌 뿌리치고 올꼬.

* 편집자주 — 이 시는 시집에 수록되면서 주요 시어들이 현대어로 바뀌었다(하눌 → 하늘, 몇만 리 → 몇만 리, 무스개 바람 → 무슨 바람, 허지만 → 하지만, 홍근헌 → 홍건한). 제목과 시인의 의도를 존중하여 시작 노트와 발표지인 『현대문학』(1957. 2) 표기를 따랐다. 7행과 9행의 '뿌리치고'는 『서정주문학전집』에 수록되면서 삽입되었다.

고조古調 2

국화꽃이 피었다가 사라진 자린
국화꽃 귀신이 생겨나 살고

싸리꽃이 피었다가 사라진 자린
싸리꽃 귀신이 생겨나 살고

사슴이가 뛰놀다가 사라진 자린
사슴이네 귀신이 생겨나 살고

영 너머 할머니의 마을에 가면
할머니가 보시던 꽃 사라진 자리
할머니가 보시던 꽃귀신들의 떼

꽃귀신이 생겨나서 살다 간 자린
꽃귀신의 귀신들이 또 나와 살고

사슴이의 귀신들이 살다 간 자린
그 귀신의 귀신들이 또 나와 살고

진주 가서

백일홍 꽃망울만 한 백일홍 꽃빛 구름이
하늘에 가 열려 있는 것을 본 일이 있는가.

1·4후퇴 때 나는 진주 가서 보았다.

암수의 느티나무가 오백 년을 의 안 상하고
사는 것을 보았는가.

1·4후퇴 때 나는 진주 가서 보았다.

기생이 청강淸江의 신이 되어 정말로 살고 계시는 것을 보았는가.

1·4후퇴 때 나는 진주 가서 보았다.

그의 가진 것에다 살을 비비면 병이 낫는다고,
아직도 귀때기가 새파란 새댁이
논개의 강물에다 두 손을 적시고 있는 것을
시인 설창수가 손가락으로 가리켜 주어서 보았다.

숙영이의 나비

먼저 죽은 애인 양산이의 무덤 앞에 숙영이가 오자, 무덤은 두 쪽으로 갈라져 입을 열었다. 숙영이가 그래 그리로 뛰어드는 걸 옆에 있던 가족이 그리 못하게 치마 끝을 잡으니, 그건 찢어져 손에 잠깐 남았다가, 이내 나비로 변했다—는 우리 옛이야기가 있다.

그 나비는 아직도 살아서 있다.
숙영이와 양산이가 날 받아 놓고
양산이가 먼저 그만 이승을 뜨자
숙영이가 뒤따라서 좇아가는 서슬에
생긴 나빈 아직도 살아서 있다.
숙영이의 사랑 앞에 열린 무덤 위,
숙영이의 옷 끝을 잡던 식구 옆,
붙잡히어 찢어진 치마 끝에서
난 나비는 아직도 살아서 있다.

기다림

내 기다림은 끝났다.
내 기다리던 마지막 사람이
이 대추 굽이를 넘어간 뒤
인젠 내게는 기다릴 사람이 없으니.

지나간 소만小滿의 때와 맑은 가을날들을
내 이승의 꿈잎사귀, 보람의 열매였던
이 대추나무를
인제는 저승 쪽으로 들이밀꺼나.
내 기다림은 끝났다.

귓속말

재롱조

언니 언니 큰언니
깨묵 같은 큰언니
아직은 난 새 밑천이
바닥 아니 났으니,
언니 언니 큰언니
삼경 같은 큰언니
눈 그리메서껀 아울러
안아나 한번 드릴까.

귓속말

아주머니 소근거리는 귓속말씀은
칠월달 감나무 같긴 하옵니다만
결국은 그렇게 소근거릴 필요도
하나도 없기는 없겠구먼요.
당신네 집 제일 이쁜 어린애기는
칭얼칭얼 늘 그냥 그럴 뿐이지
어디메 귓속말이나 할 줄이나 알아요?

뚜쟁이조

여기는 신방新房은 신방이어요.
웃도리 속옷까진 흔히 벗어 버리는
안방의 신방은 신방이어요.
상층에 다락다락 복숭안 물론
땅바닥에 민들레 까치마늘도
웃도리 속옷까진 벗고 나오는
신방은 틀림없는 신방이어요.

어느 유생儒生의 딸의 말씀

두 송이 접시꽃 모란꽃같이
향기라도 적시고는 살겠습니다.
그렇지만 별같이는 못 살겠어요.
물이 물이 바닷물이 아주 닳아서
돌이 돌이 돌이 돌이 돌이 된 듯한
별같이 헤어져선 못 살겠어요.
끝까지 헤어져선 못 살겠어요.

석류개문石榴開門

공주님 한창 당년 젊었을 때는
혈기로 청혼이사 나도 했네만,
너무나 청빈한 선비였던 건
그적에나 이적에나 잘 아시면서
어쩌자 가을 되어 문은 삐걱 여시나?
수두룩한 자네 딸, 잘 여무른 딸
상객上客이나 두루 한번 가 보라시나?
건넛말 징검다리밖엔 없는 나더러
무얼 타고 신행길은 따라가라나?

오갈피나무 향나무

나무 나무 향나무.
오갈피나무 향나무.
오시는 님 문전에
오갈피나무 향나무.

저렇게도 쑥 같은 울타리에 영창에
애꾸눈이도 탐 안 낼 너울이나 쓰고 살라면,
속에 속에 창문 닫고, 미닫이 닫고 살라면,
안에다만 불 밝히고 단둘이서만 살라면,

밭사랑에서도 안사랑에서도 아무개씨도 모르게
삼삼하신 사랑노래사 일만 년은 가겠네.
안사랑에서도 밭사랑에서도 아무개씨도 모르게
삼삼하신 사랑노래사 일만 년은 가겠네.

나무 나무 향나무.
오갈피나무 향나무.
오시는 님 문전에
오갈피나무 향나무.

진영이 아재 화상畵像

우리 마을 진영이 아재 쟁기질 솜씬
이쁜 계집애 배 먹어 가듯
이쁜 계집애 배 먹어 가듯
안개 헤치듯, 장갓길 가듯.

샛별 동곳 밑 구레나룻은
싸리밭마냥으로 싸리밭마냥으로,
앞마당 뒷마당 두루 쓰시는
아주먼네 손끝에 싸리비마냥으로.

수박꽃 피어 수박 때 되면
소소리바람 위 원두막같이,
숭어가 자라서 숭어 때 되면
숭어 뛰노는 강물과 같이,

당산나무 밑 놓는 꼬누는,
늙은이 젊은애 다 훈수 대어
어깨너머 기우뚱 놓는 꼬누는
낱낱이 뚜렷이 칠성판 같더니.

무제

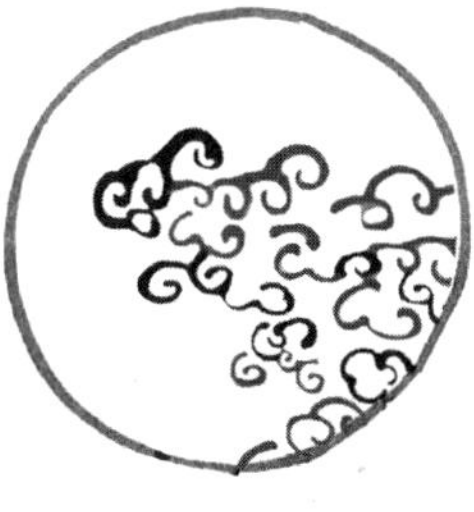

가을에

오게
아직도 오히려 사랑할 줄을 아는 이.
쫓겨나는 마당귀마다, 푸르고도 여린
문들이 열릴 때는 지금일세.

오게
저속低俗에 항거하기에 여울지는 자네.
그 소슬한 시름의 주름살들 그대로 데리고
기러기 앞서서 떠나가야 할
섧게도 빛나는 외로운 안항雁行—이마와 가슴으로 걸어야
하는
가을 안항이 비롯해야 할 때는 지금일세.

작년에 피었던 우리 마지막 꽃—국화꽃이 있던 자리,
올해 또 새것이 자넬 달래 일어나려고
백로白露는 상강霜降으로 우릴 내리 모네.

오게
지금은 가다듬어진 구름.

헤매고 뒹굴다가 가다듬어진 구름은
이제는 양귀비의 피비린내 나는 사연으로는 우릴 가로 막지 않고,
휘영청한 개벽은 또 한번 뒷문으로부터
우릴 다지려
아침마다 그 서리 묻은 얼굴들을 추켜들 때일세.

오게
아직도 오히려 사랑할 줄을 아는 이.
쫓겨나는 마당귀마다, 푸르고도 여린
문들이 열릴 때는 지금일세.

대화

지난달의 접시꽃과
새달의 국화 사이
물드는 대추나무 밑에
나는 서 있다.
바람이 육수陸水 치듯 여기에 몰려와서
대추낢에 대추들이 흔들릴 만한 소리로
“나요, 나요. 나를 모르겠어요?” 한다.

“모르겠다. 얼굴이 안 보여서 잘 모르겠다”고
내가 대답했더니,
잠시 섭섭하다는 기척을 하고는
치달리어 해 가까이 날아올라서
희살짓는 구름 옆에서 주춤대다가
들이쉬는 그리운 심호흡처럼
그 열린 입속으로 잦아들어 버린다.

“알겠다, 알겠다!”고
나는 대답하였다.

"애인이여, 네 화장날에는
한 줌 재흙으로 내 손 앞에 남던 애인이여!
눈 깜짝 사이 네 온몸의 피가 타서
굴뚝으로 날아올라 앉던 자리를!"

다섯 살 때

내가 고독한 자의 맛에 길든 건 다섯 살 때부터다.

부모가 웬일인지 나만 혼자 집에 떼놓고 온종일을 없던 날, 마루에 걸터앉아 두 발을 동동거리고 있다가 다듬잇돌을 베고 든 잠에서 깨어났을 때 그것은 맨 처음으로 어느 빠지기 싫은 바닷물에 나를 끄집어 들이듯 이끌고 갔다. 그 바닷속에서는, 쑥국새라든가—어머니한테서 이름만 들은 형체도 모를 새가 안으로 안으로 안으로 초파일 연등밤의 초록 등불 수효를 늘여 가듯 울음을 늘여 가면서, 침몰해 가는 내 주위와 밑바닥에서 이것을 부채질하고 있었다.

뛰어내려서 나는 사립문 밖 개울물 가에 와 섰다. 아까 빠져 있던 가위눌림이 얄따라이 흑흑 소리를 내며, 여뀌풀 밑 물거울에 비쳐 잔잔해지면서, 거기 떠 가는 얇은 솜구름이 또 정월 열나흗날 밤에 어머니가 해 입히는 종이적삼 모양으로 등짝에 가슴패기에 선선하게 닿아 오기 비롯했다.

무제

마리아, 내 사랑은 이젠
네 후광을 채색하는 물감이나 될 수밖에 없네.
어둠을 뚫고 오는 여울과 같이
그대 처음 내 앞에 이르렀을 땐,
초파일 같은 새 보리꽃밭 같은 나의 무대에
숱한 남사당 굿도 놀기사 놀았네만,
피란 결국은 느글거리어 못 견딜 노릇.
마리아.
이 춤추고, 전기 울듯 하는 피는 달여서
여름날의 제주祭酒 같은 쐬주나 짓거나,
쐬주로도 안 되는 노릇이라면 또 그걸로 먹이나 만들어서,
자네 뒤를 마지막으로 따르는—
허이옇고도 푸르스름한 후광을 채색하는
물감이나 될 수밖엔 없네.

사십

지당池塘 앞에 앉을깨가 둘이 있어서
네 옆에 가까이 내가 앉아 있긴 했어도
"사랑한다" 그것은 말씀도 아닌
벙어리 속의 오르막 음계의 메아리들 같아서
그렇게밖엔 아무껏도 더하지도 못하고
한 음계씩 차근차근 올라가고만 있었더니,
너 어디까지나 따라왔던 것인가
한 식경 뒤엔 벌써 거기 자리해 있진 않았다.

그 뒤부터 나는 산보로를 택했다.
처음엔 이 지당을 비켜 꼬부라져 간 길로,
그다음에는 이 길을 비켜 또 꼬부라져 간 길로,
그다음에는 그 길에서 또 멀리 꼬부라져 간 길로.

그런데 요즘은 아침 산책을 나가면
아닌 게 아니라 지당 쪽으로 또 한번 가 볼 생각도
가끔가끔 걸어가다 나기는 한다.

무제

종이야 될 테지, 되려면 될 테지
예 울던 대로 높다라히 걸려서

여기 갈림길
네 갈래 갈림길
해도 저물어
땅거미 끼는 제

종이야 될 테지, 되려면 될 테지
깨지면 깨진 대로 얼얼히 울어

자네 속 몰라
애탈 뿐이지
애타다가는
녹아갈 뿐이지

일천 년 자네 집 문지방에 울더라도
종이야 될 테지, 되려면 될 테지

젊어, 성城 둘레
맴돌아 부르다가
금 가건 내려져
시궁소릴 할지라도

종이야 될 테지, 되려면 될 테지
종이야 될 테지, 되려면 될 테지

무제

하여간 난 무언지 잃긴 잃었다.
약질의 체구에 맞게
무슨 됫박이나 하나 들고
바닷물이나 퍼내고 여기 있어 볼까.

별에는 도망갈 구멍도 없고
호주 말로 마구잡이 달려간대도
끝끝내 미어지는 포장布帳도 없을 테니!

여기 내 바랜 피 같은 물들
모여 괴어 서걱이는
이것 바닷물
되질하는 시늉이나 하고 있을까.

살 닿는 데 끼려온 그런 거든가.
네 손이 짧거든 내 손이 길거나
내 손이 짧거든 네 손이 길 것을,
아무리 닿으려도 닿지 않던 것인가.

하여간 난 무엇인지 잃긴 잃었다.

* 편집자주—4연 1행의 '끼려온'은 시집에는 '꾸려온'으로 되어 있으나 첫 발표지인 『현대문학』(1957. 2) 표기를 따랐다.

무제

빰 부비듯 결국은 그게 그거다.
하늬바람 마파람 소소리바람
바람의 떼 못 떠나고 보채 쌓는 건
빰 부비듯 결국은 그게 그거다.

산아 푸른 산아 나보단은 덜 닳아진,
상대 삼황씨三皇氏 적부터 닳은 나보단은 덜 닳아진,
나보단은 젊고 키가 큰 산아

내가 살다 마침내 네 속에 들어가면
바람은 우릴 안고 돌고 돌아서,
우리는 드디어 차돌이라도 되렷다.
눈에도 잘 안 뜨일 나—ㄹ 무늬해
산아 넌 마침내 차돌이라도 돼야 하렷다.

그러면 차돌은 또 아양같이 거기 자리해서
자잘한 세사細砂, 세사, 세사라도 돼야 하렷다.
그 세사의 세사는 또 허연 흙이라도 돼야 하렷다.

그렇거든 산아
그때 우린 또 같이 누워
출렁이는 벌판의 풀을 기르는
제일 오래고도 늙은 것이 되리니

빰 부비듯 결국은 그게 그거다.
하늬바람 마파람 소소리바람
바람의 떼 못 떠나고 보채 쌓는 건
빰 부비듯 결국은 그게 그거다.

* 편집자주 — '부비듯'은 시집에는 '비비듯'으로 되어 있으나 시작 노트와 『현대문학』(1957. 2) 표기를 따랐다. 4연 1행의 '거기'는 삽입했고, 3행의 '허연 흙'은 '뻘진흙'(『현대문학』) '뻘건 흙'(시집) 가운데 최종 표기를 택했다(『서정주문학전집』).

어느 날 오후

오후 세시 반
웃는 이 없고,
서천西天엔
한 갈래
배를 깐 구름.
자네, 방 아랫목에서
옛날 하던 그대로
배를 깐 구름. 배를 깐 구름.
하필에 오도 가도 서도 못하고
늘펀히 자빠져서 배를 깐 구름.

시월유제十月有題

사색하고 고민하는 이마로써 길을 내 걸어가는
늦가을날 안려雁旅의 기러깃길을 아시는가.
오뉴월의 칡덤불과 칠팔월의 싸리재에
한동안씩 잊었던 이 엽전 선비의 길
시월상달 날 맑으니 또 북으로 뻗치는구나!
시월은 내 새 안려의 길이 서슬푸리 열리는 달.
내 서재 속 새 안려의 길이 불 밝히어 열리는 달.

어느 늦가을날

궁하던 철의 안경알 마찰공 스피노자마냥으로, 하늘은 내가는 앞길의 석벽을 닦고,

맨 늦가을을 나는, 많은 사람의 수없는 왕래로 닳아진—질긴 줄거리들만 남은, 누른 띠밭 길 위에 멎어 버렸었다.

갈매의 잔치였다가, 향기였다가, 한 켤레 메투리로 우리 발에 신겨졌다가, 다 닳은 뒤에는 길가에 던져져서, 마지막 앙상한 날들만을 드러내고 있는—다 닳은 신날 같은 모양을 한 이 의지! 이 의지!

이 속날들만이 또 한번 드러나 앉은 이 의지 때문이었다.

* 갈매 : 빛나는 녹색.

추일미음秋日微吟

울타릿가 감들은 떫은 물이 들었고
맨드라미 촉규蜀葵는 붉은 물이 들었다만
나는 이 가을날 무슨 물이 들었는고.

안해박은 뜰 안에 큰 주먹처럼 놓이고
타래박은 뜰 밖에 작은 주먹처럼 놓였다만
내 주먹은 어디다가 놓았으면 좋을꼬.

단식 후

내 오늘은
운모雲母 상석床石의
제기祭器처럼 와 앉아

내 산 앞, 젊은
백일홍 떼웃음을
물 대듯 가슴에 대어 오고 있음이여.

물 대듯 가슴에 대어 와서는
또 한 그루 갓 피운 꽃둥지가 돼
우수수히 그댈 향해 밀려가고 있음이여.

사월달 초파일날
연등불 켜 가듯
켜 가곤, 켜 가고, 켜 가고 있음이여.

내, 오늘은
너 가까운 시골에 와 앉아,
운모 상석의 제기처럼 와 앉아,

산꿩 가듯 너의 집을 찾아가고 있음이여.
갈밭 가는 소리를 하늘에 내며
찾아가고 있음이여.

한국성사략韓國星史略

천오백 년 내지 일천 년 전에는
금강산에 오르는 젊은이들을 위해
별은, 그 발맡에 내려와서 길을 쓸고 있었다.
그러나 송학宋學 이후, 그것은 다시 올라가서
추켜든 손보다 더 높은 데 자리하더니,
개화 일본인들이 와서 이 손과 별 사이를 허무로 도벽해 놓았다.
그것을 나는 단신單身으로 측근側近하여
내 체내의 광맥을 통해, 십이지장까지 이끌어갔으나
거기 끊어진 곳이 있었던가,
오늘 새벽에도 별은 또 거기서 일탈한다. 일탈했다가는 또 내려와 관류하고, 관류하다간 또 거기 가서 일탈한다.
장을 또 꿰매야겠다.

두 향나무 사이

두 향나무 사이, 걸린 해마냥
지, 징, 지, 따, 찡,
가슴아
인젠 무슨 금은金銀의 소리라도 해 보려무나.

내 각시는 이미 물도 피도 아니라
마지막 꽃밭 증발하여 괴인
시퍼렁디시퍼런 한 마지기 이내[嵐]!

간대도, 간대도,
서방西方 금색계金色界라든가 뭣이라든가
그런 데로밖엔 쏠릴 길조차 없으니.

가슴아. 가슴아.
너같이 말라 말라 광맥 앙상한
메마른 각시를 오늘 아침엔 데리고
지, 징, 지, 따, 찡
무슨 금은의 소리라도 해 보려무나.

인연설화조

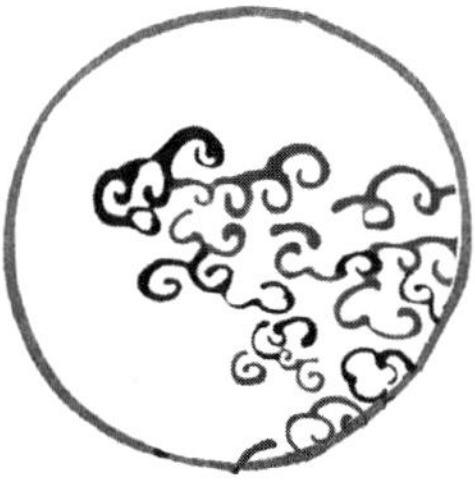

편지

내 어릴 때의 친구 순실이.
생각하는가.
아침 산골에 새로 나와 밀리는 밀물살 같던
우리들의 어린 날,
거기에 매어 띄웠던 그네[鞦韆]의 그리움을?

그리고 순실이.
시방도 당신은 가지고 있을 테지?
연약하나마 길 가득턴 그때 그 우리의 사랑을.

그 뒤,
가냘픈 날개의 나비처럼 헤매 다닌 나는
산 나무에도 더러 앉았지만,
많이는 죽은 나무와 진펄에 날아 앉아서 지내 왔다.

순실이.
이제는 주름살도 꽤 많이 가졌을 순실이.
그 잠자리같이 잘 비치는 눈을 깜박거리면서
시방은 어느 모래사장에 앉아 그 소슬한 비취의 별빛을 펴는가.

죽은 나무에도 산 나무에도 거의 다 앉아 왔거든
난들에도 굴헝에도 거의 다 앉아 왔거든
인젠 자네와 내 주름살만큼이나 많은
그 골진 사랑의 떼들을 데리고
우리 어린 날같이 다시 만나세.
갓 트인 연蓮 봉오리에 낮 미린내도 실었던
우리들의 어린 날같이 다시 만나세.

* 미린내 : 은하.

여수 旅愁

첫 창문 아래 와 섰을 때에는
피어린 모란의 꽃밭이었지만

둘째 창 아래 당도했을 땐
피가 아니라 피가 아니라
흘러내리는 물줄기더니,
바다가 되었다.

별아, 별아, 해, 달아, 별아, 별들아,
바다들이 닳아서 하늘 가면은
차돌같이 닳아서 하늘 가면은
해와 달이 되는가. 별이 되는가.

셋째 창문 영창에 어리는 것은
바닷물이 닳아서 하늘로 가는
차돌같이 닳는 소리, 자지른 소리.
셋째 창문 영창에 어리는 것은
가마솥이 끓어서 새로 솟구는
하이얀 김, 푸른 김, 사랑 김의 떼.

하지만 가기 싫네 또 몸 가지곤
가도 가도 안 끝나는 머나먼 여행.
뭉클리어 밀리는 머나먼 여행.

그리하여 사상思想만이 바람이 되어
흐르는 내 형제의 앞집이로서
철 따라 꽃나무에 기별을 하고,
옛 애인의 창가에 기별을 하고,
날과 달을 에워싸고 돌아다닌다.
눈도 코도 김도 없는 바람이 되어
내 형제의 앞을 서서 돌아다닌다.

바다

영원 파닥거려 일렁이는 재주밖에 없는
머리 풀어 산발한
뗣디뗣은
저 어질머리 같은 물결.

그 아래를 조끔만 내려가면, 입체는 입체다. 벌罰은 벌이다. 어이튼 결말은 결말, 결말은 결말이다.

마지막으로 뻘밭 우에 괴발 디뎌 나열한,
삼대밭 같은
삼대밭 같은
아무 데로도 걸어서 더 갈 데는 없는
저 천벌 받은 구속의 영원의 연립 입방체!
바다 만세!
바다 만세!
바다, 바다, 바다, 바다, 바다 만세!

무엇하러 내려왔던고?
무엇하러 물무동 서서

무엇하러 폭포질 쳐서
푸줏간의 쇠고깃더미처럼 내던져지는
저 낭떠러질 굴러 내려왔던고? 내려왔던고?

차라리 신방新房들을 꾸미었는가.
피가 아니라
피의 전 집단의 구경究竟의 정화淨化인 물로써,
조용하디조용한 물로써,
인제는 자리 잡은 신방들을 꾸미었는가.

가마솥에 연계닭이
사랑 김으로 날아오르는
구름더미 구름더미가 되도록까지는
오 바다여!

근교의 이녕 속에서

흙탕물 빛깔은
세수 않고 병들었던 날의 네 눈썹 빛깔 같다만,
이것은 썩은 뼉다귀와 살 가루와 피 바랜 물의 반죽.
기술가! 기술가!
이것은 일생 동안 심줄을 훈련했던 것이다.
사환이었던 것, 좀도둑이었던 것, 거지였던 것!
이것은 일생 동안 눈치를 훈련했던 것이다.
안잠자기였던 것, 창부였던 것, 창부였던 것!
이것은 시방도 내가 참여하면 반드시
묻거나 튀어박이는 기교를 가졌다.

이것 위에 씨를 뿌려 돼지를 길러
계집애를 살찌워 시집 보낼까.
사내애를 먹이어 양자를 할까.
그래, 또 한 벌 도복 지어 입혀서
국립 서울대학교라도 졸업시켜서
순수파라도 만들어 놓을 터이니
꾀부리지 말아라.

쑥국새 타령

애초부터천국의사랑으로서
사랑하여사랑한건아니었었다
그냥그냥네속에담기어있는
그냥그냥네몸에실리어있는
네천국이그리워절도했던건
아는사람누구나다아는일이다
아내야아내야내달아난아내
쑥국보단천국이더좋은줄도
젖먹이가나보단널더닮은줄도
어째서모르겠나두루잘안다
그러니딸꾹울음하고있다가
딸꾹질로바스라져가루가되어
날다가또네근방달라붙거든
옛살던정분으로너무털지말고서
하팔담상팔담서옛날하던그대로
또한번그어디만큼묻어있게해다오

인연설화조

언제이든가 나는 한 송이의 모란꽃으로 피어 있었다.
한 예쁜 처녀가 옆에서 나와 마주 보고 살았다.

그 뒤 어느 날
모란꽃잎은 떨어져 누워
메말라서 재가 되었다가
곧 흙하고 한 세상이 되었다.
그래 이내 처녀도 죽어서
그 언저리의 흙 속에 묻혔다.

그것이 또 억수의 비가 와서
모란꽃이 사위어 된 흙 위의 재들을
강물로 쓸고 내려가던 때,
땅 속에 괴어 있던 처녀의 피도 따라서
강으로 흘렀다.

그래, 그 모란꽃 사윈 재가 강물에서
어느 물고기의 배로 들어가
그 혈육에 자리했을 때,

처녀의 피가 흘러가서 된 물살은
그 고기 가까이서 출렁이게 되고,

그 고기를, ―그 좋아서 뛰던 고기를
어느 하늘가의 물새가 와 채어 먹은 뒤엔
처녀도 이내 햇볕을 따라 하늘로 날아올라서
그 새의 날개 곁을 스쳐 다니는 구름이 되었다.

그러나 그 새는 그 뒤 또 어느 날
사냥꾼이 쏜 화살에 맞아서,
구름이 아무리 하늘에 머물게 할래야
머물지 못하고 땅에 떨어지기에
어쩔 수 없이 구름은 또 쏘내기 마음을 내 쏘내기로 쏟아져서
그 죽은 샐 사 간 집 뜰에 퍼부었다.

그랬더니, 그 집 두 양주가 그 새고길 저녁상에서 먹어 소화하고,
이어 한 영아를 낳아 양육하고 있기에,
뜰에 내린 쏘내기도